子ども　詩のポケット 39

森は 生まれ

西田 純

森は　生まれ

もくじ

I

Ⅱ

Ⅲ

I

歩く

杉木立に　つつまれた大気を
ひとりで　あるく
ながれを　ひとくちずつ
のみほして

この森に　かつて
足をふみいれた少年の記憶が
からだの　おくふかく
うけつがれ

今　ぼくの
足もとを
よびさまそうとして

森閑

ぼくを　忘れたまま
木陰を　あるく
木々の内側を　つきぬける
声

生きて

こずえを
葉を
じっと　みつめ

木のそばに
ふれるだけで
たましいは　いきづく

ごつごつして
大きく
空へ

ぼくの
養分を
たくわえて

道

足もとに　のびていく棚田
木の葉が　ふりそそぎ
からだを　とりかこむ

かぎりなく　自分を
投げ出せる　道

呼吸するたびに
ひとつずつ　自分が
こぼれ出していく　道

何個　おとしても
何回　わすれても

あおい　木蔭のもとで
言の葉を　ゆだね
ながれるおとに　ひかれて
足どりが　わきおこる

すすむ

あるくこと
やすむこと

にがい　こだまから
はなれられなくても

みずが　およいでいる
きが　うごいている
かぜが　いきている

声

みずの　そこふかく
しずかな　すなが
生きている
からだに　ふれる

詩には
言葉は　いらない

そよかぜが
こころを　つらぬく

山と

人が近づけない山を
とおく　おおきく　見るよりも
人をむかえ入れてくれた山
人がうけついできた山

ぼくは
あきることなく
いつまでも　たちどまって

かすかに

ひとの　ちかくを
歩きたい
いのちが　くりかえされ
多くの手のあとが　生きている
まちも　むらも

木だけが　ざわめいている
山のふもとの　川ぞいのみち
見上げると
はりわたされた　しめ縄に
うけつがれた　ひとの声が
しみこんで

滝

水は　そのまま
ぼくに　なって
たえまなく
ながれ

ぼくは　そのまま
水に　なって

けっして
とぎれることはない

たしかに
どこかに
ひそんでいて
いつか　うけつがれ
ながれはじめる

くりかえすことのない
自分たちのためのうた

棚田の水は
どこまでも　あおく

ちいさな苗たちは
ことしも　また
からだを　のばしていく

みずくさの間をぬって
およぐ虫たち

生きるために
季節は　いつも

だけど　ぼくの
かたちは　毎年かわる

それなら　ぼくも
名まえなど　いらない
彼らと　ともに
くりかえそう

目に　うつる
生まれたばかりの音を
空に　響かせて

里を　こえて

山に　ちかづくと
人は　ひとになる

たましいも
森のなかに
とけこんで

森のなかで

起きている　夢
ねむっている　詩

木の葉に
話しかける　言の葉
一まい　また一まい
吸収されて

からっぽの　自分だけが
ただよっている

龍の口から

あふれ出す水を
ひしゃくで　すくって

つめたく
わきおこる
ちからに　ひろげよう

かるくなった手は
ふかないでおこう
あたたかい空が
すいこんでくれるだろう

岬

こんなに　かぎりなく
まるく
おおきく
あおいものどうしが
出会うところで

この世で　いちばん
まぶしく
たかく
しろいものが
じっと　立ちつくしている

帰るところ

そこへむかって　ぼくはあるく

自分に　帰る
家に　帰る
自然に　帰る

いつも
ぼくは　生きている
帰るために

Ⅱ

二月

どんよりした　空の下
梅のにおいが　充満して
逃げるところの　ない
春が
近づいてくる

池

青い空も
ひろがる　山なみも
のみこんで

雲の　きれめから
わずかに　のぞく
夕日の　かがやきを
てりかえしている

のぼりつめて

棚田の　そこへ
天から　のびて

かりとったあとの
ふかい　ねむり
いきを　よこたえて

つめたく
はりつめた
大気のなかの
ほんのり　ももいろの
春

早春

峠に近い　この村では
神社は　はるか頭上に立ち
足もとにつづく　坂道の下
軒をのぞかせる家々
歩くたびに
ぼくは　いったい
どの高さに属しているのだろう

わずかに花びらを開かせている　梅と
ゆっくりすれちがいながら
うつり変わっていく　自分の位置を
ながめている

たましいの　春

さくらを　みる
ひとは　みんな
さくらに　なる

つかれを　うしない
ほんのり　うかびあがり

ひとり
また　ひとり
わずかな　あいだ
はなびらの　おくふかく
じぶんを　ひろげていく

春

山の辺の
どこまで　足を運んでも
いぬのふぐりが
みなぎる　ちから

ぼくも　いずれ
あちらにも　こちらにも
水田の　まぶしさに
青く　ちいさく
滅びることなく

五月

生まれたばかりの
かぞえきれない
かえでの　緑と

ゆれうごく
ぼくの　あつまり

五月の空気と
ひとつに　なる

いつの世か
まだ見ぬ　自分たちの

人の葉も
ふたたび　生まれ出て

梅雨

からだじゅうに　たまった水が
とどまることなく　ふき出して
それでも　なお
からだが　閉ざされて

どうしたら　ぼくを
いっぱい　開け放して
どの方向にも　自由に
呼吸することが　できるのだろう

葉っぱの先に　いつのまにか
わき出てくる
しずくの　なかで

どこから　出たのでもなく
まぎれもなく
自分の　青が

六月

雨の日には
雨の音を
きいていたい

竹やぶのそばの
ちいさな　みち
こだまして
音は　おちる

はっぱが　うけとめる
土が　だきとめる
根っこが　すいこむ

ささやきたち
ぼくを
よぶ声となって

夏

高く飛び散る　汗は
太陽に　むかい

木になった　ぼくのからだは

水を
つぎから　つぎへ
吸いこんで

あおく　あかるい
木蔭になろう

窓を　開け放すと

部屋の中の
壁にも　机にも
おまえの寝ている　赤ちゃんベッドにも
平城山からの　秋が
すこしずつ　浸透する

虫の声は
ちいさな星たちの　あつまりになって
本棚のすみにまで　もぐりこみ
すっかり　見えなくなって
ぼくのからだを　すきとおらせる

憧憬

稲ほど
いちめんに　あらわれるものはない
夏が　終わったばかりなのに
もうこんなに　大きく波打ち
ますます　金色にむかって
重みを増していく
美しいものは　ちからづよい

稲といっしょに　あるく
稲になりたくて　あるく

棚田

たましいが　実って
大地を　なつかしみ
ゆるやかな弧を　えがく

時間が　幾重にもおり重なって
山すそまで　つづいている
ぼくも
ひとつの　稲穂になろう

大和で

柿は　いつも
秋になると
人をさそって　うたい

山の　ふもと
家の　そば

やわらかく　あかく
あおい空を
いきづかせ

秋

山から　やがて
葉は　一まいずつ落ちて
家々に　ゆっくりのこるだろう
屋根も柱も　格子にも
ふかく　染み込ませ

人の　内側にも
知らないうちに　色づいて

響く

すみきった　あおい夕日
刈り取ったあとの　稲の
切り株たちは
いっせいに　背すじをのばし
列を　ととのえて
まぶしく　立ちすくむ

葛城の山々も　三輪の山も
天球の裾野に　くっきりとうかび
地蔵の祠だけが
田んぼのなかに
しだいに遠ざかっていく

ちから

秋も　すぎて
空は　なおも　あおく
ふみしめる　土のなか
こころの　すきまを
うめつくし
ひろがり
たくわえられ

十二月の太陽

ぼくのからだを　おおいつくし
くるんでくれる
青い　あたたかい天球
地上いっぱいに　はねかえる

木に　まけないくらい
ふかく　息をして
時間をかけ　いつまでも
吸いこんでやる

冬

あふれる　山
せまる　土
ぼくの　ちからに
木の　ぬくもり

根は
うごきはじめる

竹やぶの道を

こおりつく粉雪は
あかるい頬を　燃え上がらせ
走る音
しだいに　高まり
円を　えがいて
どこまでも　のびつづけ

二月

なにもかも　そぎおとし
こおりつく　風のなかで
かたく　いのちだけをとじこめて
いきのびてきた　木

いったい　どこから
生まれるのだろう
やっと　めをひらいたばかりの
うっすらと　あかいほおが
はなびらとなって
ここにいる

むねのおくには
すいあげる
水の息づかいを　うけとめ

まえに　ひろがる

空

流れる

季節は　きまって
円を　えがく

毎年
おなじすがたで
あらわれる

ひとは
広く　とおく
あるきつづける

Ⅲ

地蔵

めを　とじて
みずみずしい
わかばを

ちから　こめて
つかまえる
こころの　なかの
ふりそそぐ
いってんに

ひとの　よの
つらい
ちの　ながれを
まっすぐ　みつめながら

石仏と

石の中から　ゆっくりと
地蔵が　うかびあがる

木の葉の　天井の
わずかな　すきまから
あかるく　あおい光
ほほえむ口もとを　ゆらして

終着駅に　近づいて

谷間は　しだいに
ほそく　たかく
電車を　ぬって
ひとりでに　ながれ

地の底から　ひとつずつ
音は　たもたれ
浸透していく　ぼくのからだ

わきおこる

電車を　降りると
山の　においが
ぼくを　とりかこむ

蔵王権現は
石仏になって
あたたかく　はずみ

二頭の龍も　祠の中で
からみ合わせたまま
いきづかいをゆっくり　たちのぼらせ

わき出る　水の音
しだいに　高まり
生きていたころの　自分の歩みを
呼び起こさせ

うかびあがる

二本の杉
高く　たかく
葉と葉のあいだから
すこし　のぞかせた
青空
やがて　ひろがり

さっきまで　おおっていた
あつい雲が
どんどん　しりぞく

晴れわたった　空のうえ
うっすらと　白く
すきとおった　ながれ

自分も
ちぎれて　うかびあがり
どこまで　つづいていくのだろう

何千年もの　むかし
どれか　ひとつ
たどりついて
ぼくの　むねに

雲雀山へ

草木は　人よりも多くの
言の葉を 交わし合い

水のながれを　ぼくはたどって
しずまりかえった空気を
さかのぼり

山寺の石段を　ふみしめると
たえることのない　ちいさな声たちが
いきづいている

海で

会いたいときに
いつでも　ひとり
すわっている
岩

おおきく　根をおろし
ゆれうごく　潮につつまれ
そよぐこともなく

笛を　吹く

山は
大気を　うけて
うごきはじめ

はるか　ぼくの底
ひとりでに
わきおこり

生きているもの
かたちのないもの
見えないもの
すぐに消えては

いつまでも　のこるもの
あれは ほんとうに
楽の葉　だったのだろうか

森は　生まれ

ちいさな手を　ゆっくり握っても
おまえは　足を
こまかくはやく　動かして
ときには　つまずきそうだ

茂みのなかから
はばたく音
白い翼
「あっ」
見つけた指が　声をもらす

「これ」
土の上から
ひろい上げ　差し出した
「はっぱ」　おしえてやると
「ぱ」　くり返す

こもれび

みどりの　むこうに
うすく　あかい
たましいの　ころも
なにも　いわずに
そこに　あるだけで

あたまも　かたも
せなかも　あしも
おもたくて　うごかなかった

ぼくの　からだが
くうきの　なかで
どうして　こんなに
あそびはじめるのだろう

山から

雨にぬれていた　石畳は
しだいにかわき
月のひかりに　吸いこまれ
町家と町家のあいだを
わずかに傾斜して
すぐに川へむかう

太鼓橋をのぼっていこう
雲の流れは
ほとんど消え失せ
ほのかな街燈は
道に　寄り添い

呼吸する町は　あるく
時には　立ち止まりながら
ぼくを　のみこんで

見知らぬ思い出

「ここ　行った」
また　つぶやいている
テレビに　うつし出されたのは
行ったことのない　とおい国
雪におおわれた　夕闇の
山のふもとの
旅籠の　明かり

おまえを　つれていったのは
この大和の　町や村
森のなか
二歳になってからは

ちいさな旅を　高野山へ

それでも　いつも
どこを　見ても
「これ　行った」

生まれてから
生まれるまえの
とおい　むかしからも
いつのまに　おまえは
そんなに　たくさんの場所を
しまいこんでいったのだろう
自分のこころの　おく深くまで

作者不詳

もはや
誰のものでもない
永遠に

詩だけが　うかんでいる
いつまでも　生き続けて

もし　名まえが分かれば
いくつも
何人も
かさなっていたのだろう

ひとつの　大きな根が
地上で　わかれ
空の上で　いつのまにか
ちからづよく　とけ合う
木のように

茶畑

ひとが　うたう
茶と　うたう

大地と
ささやき　うねり
山にむかい
はるかに　なみうって

ぼくも　ゆられ
茶に　なろう

夜には　あまく
つかれも　ゆるやかに
さいごのしずくに　とけこんで

あるいた小道を
あるきたい森を
ふかく　しずかにすいこんで

あとがき

ひとりで、どこかへ歩いていくのがすきだ。誰もいない。いるのは、木や草、あるいは鳥や虫たちだけだ。

ひとと一緒にいて、それもたくさんの人々の中で、何かをするのがすきだ。みんなで一緒に創り上げていくことは、とてもいい。

詩を書いているときは、ひとりでいることがほとんどだ。そのためかどうか分からないが、ひとりで歩くことが、どうしても多くなる。

それでもやはり、私は、生きているものとふれ合うのがすきなのかもしれない。声を持っているが、言葉は出せない鳥や虫、獣たちだけでなく、声も言葉も持たない（ように思われる）木や草たちも、互いに、力のこもった対話を受けとめ、発しているのだ。

私は京都市に生まれ、今もまた同じところに住んでいる。

でも、以前には、八年足らずの間、奈良市に住んでいたことがあり、その印象はとても大きかったと思う。平城山の近くであったが、心を魅かれる自然が残され、よく家から歩いたり走ったりしていたし、休みの日には、県内のあちこちに出かけていた。

今もよく大和へ出かける。（大和だけでなく、近江や丹波など、空気の悪い中京区《なかぎょうく》から出て、よく散策している。）

この詩集にも、様々なところを歩いて生まれてきたものが、かなり多くあるようだ。

また、以前に書き止めてメモしていたものが詩になって生まれることもあり、自分の子どもがまだ小さかった頃の詩もいくつかある。

京都市に戻ってきた六年前、私は、朝倒れて頭を強く打ち、病院で脳の手術を受けて成功したが、高次脳機能障害になった。言葉をうまく話せなかったり、人と話すときにすぐに反応できなかったりすることも多い。私は、それだけにいっそう、詩によって言葉を磨いていきたいと思っている。

久しぶりに、新しく詩集を出すことになりました。年末からお正月にかけて、お忙しいにもかかわらず、編集のお仕事を、熱心にていねいにしてくださった佐相様、心のこもったすてきな絵を描いてくださった稲田善樹様に、深く感謝致します。

二〇一〇年二月

西田　純

西田 純（にしだ　じゅん）

1956年　京都市中京区に生まれる
詩集　「空にむかって」（椋の木社）
「石笛」「鏡の底へ」「楽器のように」（土曜美術社出版販売）
「木の声　水の声」（銀の鈴社）
詩誌『朱雀』を発行。　『まほろば　21世紀創作歌曲の会』会員。
京都市中京区壬生朱雀町８—８

稲田 善樹（いなだ　よしき）
1939年、中国・旧満州生まれ。稲城市在住。
サラリーマン生活を送った後、97年モンゴルに7か月の自転車旅行に出る。
ジャンビーン・ダシドントク作のモンゴルの創作民話『みどりの馬』、『おじいちゃんの山』、『ピンク色の雲』の装挿画がある。

子ども　詩のポケット　39
森は 生まれ
西田 純 詩集

発行日　二〇一〇年三月三十日　初版第一刷発行
著　者　西田 純
装挿画　稲田 善樹
発行者　佐相美佐枝
発行所　株式会社てらいんく
〒二一五-〇〇〇七　川崎市麻生区向原三-一四-七
ＴＥＬ　〇四四-九五三-一八二八
ＦＡＸ　〇四四-九五九-一八〇三
振替　〇〇二五〇-〇-八五四七二
印刷所　株式会社厚徳社
 ISBN978-4-86261-068-3 C8392